AF461619

PETIT RECVEIL DE POESIES CHOISIES

Non encore Imprimées.

A AMSTERDAM

M. DC. LX.

STANCES DE MONSIEVR LE CHEVALIER DE RIVIERE,

Sur vne Fauuette, qui reuient tous les ans au jardin de Mademoiselle de Scudery.

N dit que vostre Roytelet
Est bien saoul de la Roitelette,
Que ce petit drolle ne fait
Des soupirs que pour la Fauuette.

Sur la cime de ſon buiſſon,
On le void de voſtre feneſtre,
Sur ſes ergots comme vn Gaſcon,
Ne faiſant rien que pour paroiſtre.

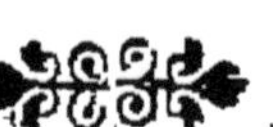

Il ſçait pourtant que les Fauuets
Sont de plus illuſtre famille,
Et que celle des Roitelets,
Eſt la derniere en volatille.

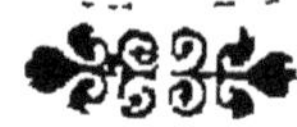

Mais dans l'Hiſtoire des humains,
Il void de plus grandes foibleſſes:
Où bien ſouuent de petits nains
Ont fait ſuccomber des Alteſſes.

Il ſçait qu'il eſt Roux & petit,
Que la Fauuette eſt grande & blonde:
Mais le fripon ſçait ce qu'on dit
De la Maiſtreſſe de Ioconde.

Enfin cecy ſoit entre nous,
Il eſpere de ſa conqueſte:
Car le Fauuet n'eſt point ialoux,
Meſpriſant ſa petite teſte.

Voyez de là s'il y fait bon,
Et ſi la choſe eſt auancée,
Le mary n'ayant du ſoupçon
Que des oyſeaux de ſa volée.

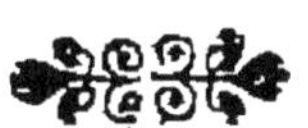

Mais vous eſtes deſſus les lieux,
Vous verrez toute leur conduite,
Et ie vous prie au nom des Dieux
De m'en faire ſçauoir la ſuite.

Mademoiselle de Scudery respondit à Monsieur le Cheualier de Riuiere, & luy manda que se promenant dans son jardin, elle auoit trouué ces deux Poulets de la Fauuette au Roytelet.

Vous receurez de mes nouuelles
Par les premieres Arondelles:
Ie les suiuray bien tost si le Printemps est beau
Attendez moy sur le petit ormeau,
A costé du grand Sycomore,
Où nous vismes vn iour parler Zephire à Flore.

AVTRE.

Ie sçay que ie ne suis pas belle,
Mais ie chante passablement:
Et quand on m'ayme tendrement
I'ayme comme vne Tourterelle

LA FAVVETTE

DIALOGVE,

Entre Acante & la Fauuette.

Acante.

PVis que Sapho n'eſt point icy,
Fauuette ſon plus cher ſoucy,
Prens vn peu le ſoin ie te prie,
D'entretenir ma reſuerie.

La Fauuette.

Moy, i'entretiendray vn ingrat,
Qui fait quand il veut vn grand plat
D'vn Abricot & d'vne Poire,
Et qui ne fait rien pour ma gloire.

Acante.

Cette Poire & cet Abricot,
Ma mignonne, ne disoient mot:
Mais toy, tu te chantes toy mesme,
Et mon orgueil seroit extréme.
Si ie pretendois par mes vers
Esgaler tes charmans concers:
Pour vn dessein si temeraire,
Lambert mesme, & sa sœur Hilaire,
N'en sçauent pas encore assez:
Deux Rossignols ces iours passez,
Se le mirent en fantaisie,
L'vn en creua de ialousie,
Se voyant par toy surmonter,
Et l'autre en creua de chanter.

La Fauuette.

Il n'en est rien, mais ie l'auouë,
Faux ou vray, i'ayme qu'on me loue:
Chacun est de mesme, ie croy,
Parle donc, que veux-tu de moy?

Acante.

Acante.

Est-il vray celebre Fauuette,
Qu'en ce lieu faisant ta retraitte
Depuis l'espace de vingt ans,
Tu reuiennes tous les Printemps:
Qu'vn petit animal volage,
Vn petit oyseau de passage,
Parmy tant de legereté
Conserue tant de fermeté.

Les voisins ont remarqué que depuis dix-huict ans, ce jardin n'auoit point esté sans vne Fauuette.

Quel charme secret te rappelle?
Cette touffe d'arbres est belle:
Mais le monde a tant d'autres lieux
Où tu serois encore mieux.

La Fauuette.

I'ay parcouru la terre & l'onde,
I'ay veu les quatre coings du monde,

Sans voir en tous ces longs destours
Ce qu'on voit icy tous les iours:
I'ay bien veu des filles sçauantes,
Mais qui n'estoient que des pedantes,
Des filles de grande vertu,
Dont l'esprit estoit bien tortu:
Des filles d'esprit vn peu folles
Dont l'esprit n'estoit qu'en paroles:
Mais vne fille sans defaut,
De qui le cœur fust noble & haut,
La vertu presqu'inimitable,
L'esprit grand, solide, admirable,
Sage, esclairé, poly, charmant,
On le chercheroit vainement
Par tous les quatre coins du monde,
Car Sapho n'a point de seconde.

Acante.

Il est vray, mais l'ambition
Est vne estrange passion,
Et qui croira que de ta vie,
Il ne t'ait pris aucune enuie
D'aller en vn plus beau seiour,

Charmer nos grands, faire ta Cour.

La Fauuette.

Bien des Grands au siecle où nous sommes,
Sont petits comme d'autres hommes,
Et la pluspart

Acante.

Hola, tout beau,
Fauuette ton petit cerueau,
Sans prendre garde aux consequences
S'emporteroit en médisances:
Ie connoy des Grands, & i'en voy
Que i'estime aussi peu que toy:
Mais i'en sçay plus de quatre encore
Qui meritent qu'on les honore,
Et toy qui n'en fais point de cas,
Dis moy, ne les connois-tu pas?
Celuy que ta Sapho reuere,
Des Muses l'Amant & le Pere,
Grand en esprit, grand en bonté,
Et grand en generosité:

Fascheux en vn point, ie l'aduouë,
C'est qu'il n'ayme pas qu'on le louë.

La Fauuette.

Il a beau faire cependant,
De l'Orient en l'Occident,
En France, aux nations estranges,
Tout resonne de ses loüanges,
Et ie n'aurois pas tant tardé
De l'aller voir à saint Mandé:
Mais l'on m'a dit que cent affaires
Au bien de l'Estat necessaires
Le partagent incessamment,
Qu'il faut que bien adroitement
Ses moindres momens il dispense,
Pour pouuoir donner audience
A cent & cent particuliers,
Aux gens de Robbe, aux Caualiers,
Au peuple, à la Cour, aux Poëtes,
Et point de temps pour les Fauuettes.

Acante.

Il t'escoutera toutesfois,

Prepare seulement ta voix,
Et quelques chansons des plus belles,
Ie luy diray de tes nouuelles:
Mais en eschange, Oyseau charmant,
Parle moy plus sincerement:
Sapho, dis-tu, cette merueille,
Qui n'aura iamais de pareille,
Te fait aymer ce petit bois,
Et ne sçait-on pas qu'autrefois
Quand cette lumiere éclattante
De ses propres clartez contente,
Se cachoit encore à nos yeux,
Ou n'esclairoit qu'en d'autres lieux,
Ce bois ta premiere demeure
Te reuoyoit comme à cette heure.

La Fauuette

O Dieux, en quelle extremité
Me met ta curiosité:
Veux-tu que les races futures
Se mocquent de mes auantures?
Et qu'on les vende au premier iour
Auecque l'Almanach d'Amour;

Mais tes promeſſes ſont trop grandes,
Apprens ce que tu me demandes,
Et s'il ſe peut tenir caché
Vingt ou trente ans auant Pſyché:
L'amour qui n'aymoit rien encore
Auec ce feu qui tout deuore
Se diuertiſſoit dans les Cieux
A tourmenter les autres Dieux:
Ny le Trident, ny le Tonnerre,
Ny le bras du Dieu de la guerre,
Ny l'adreſſe, ny le ſçauoir
Ne reſiſtoient à ſon pouuoir:
Et bien ſouuent du plus aymable
Il faiſoit le plus miſerable:
Apollon eſtoit rebuté,
Quand Vulcain eſtoit mieux traité.

Les heures portieres fidelles
De ces demeures eternelles,
Qui ſans autres ſoins importans
Ne ſongent qu'à paſſer leur temps,
Vn iour pour punir ſon caprice
Par quelque galante malice,
Dirent qu'il falloit à ſon tour,
Donner de l'amour à l'Amour.

Elles ſont deux fois douze en nombre,
De qui l'humeur n'a rien de ſombre,
Ieunes, freſches, pleines d'appas,
Marchant toutes d'vn meſme pas,
Toutes ſœurs, toutes de meſme âge,
Meſme taille & meſme viſage,
Meſme feu brille dans leurs yeux,
Et rien ne ſe reſſemble mieux
Dans leur monde, ny dans le noſtre
Que fait vne heure auec vne autre,
Leur pere meſme ſans pareil,
Soit Iupiter, ſoit le Soleil,
Car l'hiſtoire en eſt incertaine,
Ne les diſtingue qu'auec peine:
Cent fois il s'eſt embaraſſé,
Prenant Irene pour Dicé,
Souuent il appelle Orteſie,
Qu'on luy reſpond, ie ſuis Maſie.

Ce ſont quatre de ceux que les anciens ont donné aux heures.

Vne de ces aymables ſœurs
Fit vn grand amas de douceurs,

De mots obligeants, de caresses,
De soins, d'amitiez, de tendresses,
De ces regards faux & charmans,
Qui pour les credules Amans
Donnent tout ce qu'vn cœur desire,
Et pourtant ne veulent rien dire.
Elle choisit & temps & lieu
Pour attaquer ce petit Dieu
Qui peut dompter les plus rebelles,
Et bien que de mille autres belles
Il eust sceu deffendre son cœur,
Soit qu'il fust de meilleure humeur,
Soit que son heure fust venuë,
L'heure luy donna dans la veuë.
Helas! dit-il en soûpirant!
A la fin vne heure m'apprend
Par le vouloir des destinées,
Nous donne années sur années:
Que mes flammes, que mes liens
Estoient des maux, estoient des biens,
Et ce que mon cœur insensible
Trouuoit encore moins possible,
Des maux qui se font desirer,
Des biens qui nous font soûpirer.

Puis il luy parle de ses charmes,
N'espargne prieres n'y larmes,
Exprime mille ardens desirs
Par autant de bruslans souspirs:
Et dit en son nouueau martyre
Tout ce qu'aux autres il fait dire.
L'heure feint de s'en irriter,
Vn moment apres d'en douter,
Puis de le croire & de se rendre:
Enfin d'vne voix douce & tendre
Soyez, dit-elle, en le quittant,
Soyez amoureux & constant:
Et sçachez qu'vn amour fidelle
Ne trouue iamais de cruelle
D'aise l'Amour est transporté
Sa nouuelle felicité
Se respand sur tout son Empire
Rien ny gemit, rien ny souspire:
Les plus infortunez amans
En plaisirs changent leurs tourmens,
Et la plus cruelle souffrance
Deuient heureuse en esperance.
A peine le Soleil leuant
A commencé le iour suiuant,

Que l'Amour s'esueille, se presse
D'aller voir sa belle Maistresse,
Et comme vn petit insensé,
Chercher les yeux qui l'ont blessé.
Mais parmy tant de sœurs aymabl[es]
Il trouue tous les yeux semblables,
Chacune a les mesmes attraits,
Et le blesse de mesmes traits:
Chacune luy semble sa belle,
C'est elle, & si ce n'est pas elle.
En vain du geste & du regard
Il veut attirer à l'escart
Celle dont il estoit esclaue,
Chaque heure d'vn pas lent & graue
Feignant d'ignorer son ennuy,
Passoit, & se mocquoit de luy.
Il s'esloigne, & dit en soy-mesme
Que peut-estre l'heure qui ayme,
Pour le combler de ses faueurs
Se desrobera de ses sœurs:
Desia son ame impatiente,
Se consomme dans cette attente:
Iamais on ne fit tant de vœux,
Iamais en l'empire Amoureux

Heure ne fut tant attenduë,
Que le fut cette heure perduë.
Tout triſte, tout honteux, tout las,
L'Amour retourne ſur ſes pas:
Alors toutes les ſœurs enſemble
Luy diſent, Amour, que t'en ſemble?
N'eſt-il pas bien doux d'eſtre amant?
Les heures n'ayment qu'vn moment:
Mais pour toy, s'il t'en prend enuie,
Tu peux aymer toute ta vie.
L'Amour apres vn tel affront,
Eſprouue vn changement bien promt
Il n'a plus que de la colere,
Et rien ne le peut ſatisfaire,
Pour punir la facilité
Qui l'auoit fauſſement flatté:
Il veut, & ſes loix ſont bien rudes,
Que ces ſœurs qui font tant les prudes
Qui dédaignent tant ſon amour
Bruſlent d'autres feux tour à tour:
Qu'on trouue vne heure en la iournée
Foible, facile, abandonnée,
Qui ne ſçache rien meſnager,
Et c'eſt là l'heure du Berger.

Mais quoy ! sa flamme mesprisée,
Dans le Ciel seruoit de risée:
Il quitte le seiour des Dieux,
Et pour laisser en mille lieux,
Quelque marque de sa vengeance
Contre la perfide inconstance:
O ! vous qui par de lasches tours,
Troublez l'empire des Amours,
Dit-il, vains diseurs de fleurettes,
Volages, inconstantes Coquettes,
Esprits, changeans, soyez changez,
Et que les Amours soient vengez:
Il dit, & sa seule parole,
Allant de l'vn à l'autre Pole,
De mille & mille amans legers
Fait autant d'oyseaux passagers.

Ceux à qui les amours nouuelles
Ont tousiours semblé les plus belles
Entre ces oyseaux inconstans,
Cherchent en tous lieux le Printems:
Ceux que la froide indifference
Seule porta dans l'inconstance,
Vont cherchant les climats glacez
Et par le beau temps sont chassez.

On vid ſur la terre & ſur l'onde
Floter la troupe vagabonde
De ces volages emplumez:
Les vns en Cailles transformez,
Voleterent les aiſles baſſes,
Les autres deuenus Beccaſſes,
Se trouuerent vn pied de nez,
Quelques autres plus eſtonnez
Que s'ils fuſſent tombez des nuës,
Se trouuerent tout à fait Gruës.
Faut-il te dire mon mal-heur,
Prens-tu plaiſir à ma douleur?
Et bien, pour eſtre vn peu Coquette
Ie deuins moy-meſme Fauuette:
Mais c'eſtoit en mes ieunes ans
Que i'auois des deſirs changeans:
Le temps m'a bien fait eſtre ſage,
Ie conſulte quand ie m'engage:
Mais dés que i'en ay fait ſerment,
I'ayme en ſuite eternellement:
Pour teſmoigner ma repentance
Au Dieu vengeur de l'inconſtance,
Tout changement m'eſt odieux,
Iuſques au changement de lieux:

Si ma cruelle destinée,
Me fait errer toute l'année,
Au moins quand la belle saison
Reuiendra sur vostre Horison,
Ce bois, ma premiere demeure
M'aura iusqu'à ce que ie meure,
Ou que par vn destin plus doux
L'Amour appaise son courroux:
Soit enfin touché de ma peine
Et me rende la forme humaine.

Acante.

Qu'il le fasse, i'en suis content,
Entre nous, Fauuette pourtant,
Ta constance n'est qu'vne fable,
Coquette est vn mal incurable:
Qui coquetta dés le berceau,
Coquettera iusqu'au tombeau:
Nous sçauons toute ton histoire,
Penses-tu nous en faire accroire?
Nous prens-tu pour des Allemans,
Vn Poëte des plus galands,
Et qui se connoist en coquettes

Nous a conté tes amourettes
Auec le petit Roytelet:
Et que dis-tu de ce poulet,
(Ie sçay que ie ne suis pas belle,
Mais ie chante passablement,
Et quand on m'ayme tendrement,
I'ayme comme vne Tourterelle.)

La Fauuette.

Ie dis qu'on peut mal-aysément
Cacher vn amoureux tourment:
Mais plus mal-aysément encore
Ne point aymer qui nous adore.

Acante.

Tu fais bien, car en peu de mots
Les constans ne sont que des sots:
Chere Fauuette quand i'y pense,
Ta peine est vne recompense,
Tu peux d'vn desir curieux
Visiter la Terre & les Cieux,
Voir les villes & les Prouince,

Les differens ſeiours des Princes:
Point d'affaires & point de Cour,
Iamais de violent amour,
Iamais de penſée importune
Pour la Gloire ou pour la Fortune,
Sans autrement te tourmenter
Qu'à prendre l'air & qu'à chanter,
Faiſant de iournée en iournée
Vn Printemps de toute l'année.

La Fauuette

Ah! que tu connois peu nos maux
Et nos peines & nos trauaux,
Trembler ſans ceſſe pour ſa vie
De mille ennemis pourſuiuie:
Trouuer en cent climats diuers
Non vn Printemps, mais cent Hyuers
Paſſer les mers les plus profondes
En danger de choir dans les ondes,
Si l'aile vient à nous manquer
Ou la tempeſte à nous choquer,
Pâtir & repâtir ſans ceſſe
Chaque iour quand la faim nous preſſe

De peur

Despeupler tous les environs
De mouches & de moucherons:
Voila nos plus doux exercices,
Et nos plus charmantes delices:
Croy moy, ie te le dis encor,
Tout ce qui reluit n'est pas or:
Et le plus souuent l'inconstance
N'est heureuse qu'en apparence:
Ayme tousiours fidellement,
Et prens bien garde seulement,
Que Zenocrate s'il n'est sage
Ne deuienne oyseau de passage.

L'Autheur de l'Almanach d'Amour, qui a dit de luy mesme:

Zenocrate tousiours amoureux & volage,
Courant les mers d'amour de riuage en riuage.

CAPRICE, CONTRE L'ESTIME, ADRESSÉ A L'ILLVSTRE SAPHO.

Onc ie ne dois plus pretendre
D'arriuer vn iour à Tendre:
Donc ſans iamais eſtre aimé
Ie ne ſeray qu'eſtimé:
Sapho, ie veux que ma rime
Berne cette vaine eſtime,
Monſtre auſsi laſche que vain,
Qui cache ſon noir venin
Sous vn nom vn peu moins rude
Que celuy d'ingratitude:
A vous ſeule ie pretens
En donner le paſſe-temps:

Escoutez fille Diuine
De ce monstre l'origine,
En ce siecle glorieux
Où viuoient les demy-dieux
L'estime estoit inconnuë,
Et l'amitié toute nuë,
Seule maistresse des cœurs,
Les combloit de ses faueurs,
Quand la foy, quand les paroles
Furent deuenus friuoles,
L'Estime en ce changement,
Pour pere eut le Compliment
Pour mere l'indifference,
Qui luy donnerent naissance:
Ie veux d'vn coup de pinceau
Dépeindre vn couple si beau
Pour la froide indifference,
Vous la connoissez, ie pense,
Et peut-estre vn peu trop bien,
Pleust à Dieu qu'il n'en fust rien:
Cette belle glorieuse,
Imperieuse, rieuse,
Croit l'amour vne chanson,
Elle a pour cœur vn glaçon:

Et d'vne façon hautaine,
Suit le plaisir, fuit la peine:
Mais dans ses foibles desirs,
N'a que de foibles plaisirs:
Ainsi le destin assemble
Le bien & le mal ensemble:
Son bon amy Compliment,
Est vn bon Seigneur Normand,
Grand, bien fait, de bonne mine,
Dont le poil à la blondine,
Poudré, frisé, pomadé,
Porte vn visage fardé:
Ses pas sont des reuerences,
Il a mille complaisances:
Tousiours prest à caioler,
Se picquant de bien parler,
Et mesme de bien escrire,
Mais suiet à se dédire:
Et pour le dire en vn mot,
Vn peuple nombreux, mais sot,
Le croit vn grand personnage:
Vn petit peuple, mais sage,
Le connoist pour vn grand sot,
Vn lanternier, vn fallot,

Qui pour fait & pour courage
N'a que vent & que langage:
Or comme il alloit vn iour
En cent lieux faire l'amour,
Par tout semant des fleurettes
Pour attraper les Coquettes,
Ou dupper les apprentifs
Par de longs superlatifs,
Il rencontra par le monde
Indifference la Blonde,
Nymphe veritablement
Digne d'vn si noble amant:
Ils se virent, ils s'aymerent,
Enfin ils se marierent,
Et de leurs froides amours
Nasquit, non pas vn grand Ours,
Non pas vn Lyon sauuage,
Terreur de son voisinage:
Mais vn monstre appriuoisé,
Qui va tousiours déguisé
D'vn habit de Demoiselle,
Et qu'Estime l'on appelle:
A son honneste maintien,
A son modeste entretien,

A ſes paroles de ioye
A voir auec quelle ioye
Elle vous vient viſiter,
Qu'elle ne vous peut quitter:
Que vous n'auez rien d'aymable,
Rien de beau, rien de paſſable,
Dont ſon diſcours popelart
Ne faſſe vn chapitre à part:
Qu'en tout ce qui vous offence
Elle garde le ſilence,
Meſme auec plus de bonté
Que n'en veut la charité:
Ne diriez-vous pas qu'elle ayme
Son prochain comme ſoy meſme:
Mais helas! ô ſiecle, ô mœurs!
Que ces ſignes ſont trompeurs:
Apres cette maſcarade
Que vous deueniez malade
Iuſqu'à ſouffrir le treſpas,
L'eſtime n'en pleure pas.
Que la médiſante enuie
Parle mal de voſtre vie,
Pluſtoſt que de diſputer,
Que de s'aller tourmenter

Pour tascher à vous deffendre,
L'estime en dit pis que pendre:
Qu'vn tyran audacieux,
Qu'vn voisin malicieux
A vous tourmenter s'appreste
Ou menace vostre teste,
Par des crimes supposez,
L'Estime a les bras croisez:
Qu'il vous faille pour resource
Vn prompt secours de la bourse,
En quelque peril vrgent,
L'estime n'a point d'argent:
Seule en toute la nature
Cette sotte creature
Ne se laisse point charmer
Au diuin plaisir d'aymer:
Et ny vertu ny merite,
Ne touche cette hypocrite,
Sapho, sans aller plus loin
Ie vous en prens à tesmoin,
Vous & vostre excellent frere,
Mais i'en creue de colere:
Quel escriuain auiourd'huy
Se peut comparer à luy,

Soit que d'vn Poëme heroïque
Digne de la Muse antique,
Il nous conte ric à ric
Les conquestes d'Alaric:
Soit que du grand Artamene
Ou des illustres Romaines,
Il mette l'histoire au iour,
Ou le plus folastre amour
Renonçant au badinage
Apprend à deuenir sage:
Quelle fille parmy nous
Se peut comparer à vous,
A cét esprit magnanime,
Qui pour se voir si sublime,
Si rare, si merueilleux,
N'en est pas plus orgueilleux:
A cette ame vertueuse,
Bonne, franche, genereuse,
A ce cœur si grand & haut,
Que ceux qui vont à l'assaut
Et qui deffont les armées,
Prés de luy sont des Pigmées:
Maintenant qui se plaindroit
Que la Cour en vostre endroit,

A la honte de la France
Manque de reconnoissance:
Parlons en bonne foy,
La plainte, à ce que ie croy
Ne seroit pas legitime,
Toute la Cour vous estime:
Dieux! qui pourroit endurer?
De voir tousiours separer
Par des caprices estranges
Les bien-faits & les loüanges.
Mais ce discours vous desplaist,
Laissons la Cour comme elle est:
Celle à qui mes destinées
Dans mes plus tendres années
Assuiettirent mon cœur,
Et que pleine de rigueur,
Desia fiere de ses charmes,
Et plus fiere de mes larmes
N'en auoit aucun soucy,
Elle m'estimoit aussi:
O dure & cruelle estime,
Qui ne croit pas faire vn crime
Quand tu laisses froidement
Perir vn fidelle Amant,

Toy que vœux ny ſacrifices,
Ny les plus humbles ſeruices,
Reſpects ny diſcretion,
Tendreſſe ny paſſion,
Ny la mort la plus terrible
Ne rendent point plus ſenſible:
Que t'a fait le genre humain?
Va, tu te trauaille en vain,
Impitoyable furie,
Porte ailleurs ta barbarie,
Malgré toy nous aymerons,
Retourne auec les demons
En leur triſte & noir abyſme,
Et n'en reuiens plus Eſtime:
Et vous Sapho, que mon cœur
Auec zele, auec ardeur
Admire, cherit, adore,
M'eſtimerez-vous encore?
N'auray-ie point par pitié
Vn peu de voſtre amitié?
Mais ie cherche ma ruine,
Il eſt vray fille diuine
Qu'à quiconque m'ayme bien,
Mon cœur ne refuſe rien:

Si vostre amitié m'engage
A vous aymer d'auantage:
Ie pourray bien trop aymer,
Ne faites que m'estimer:
Mais que dis-ie, miserable,
Non vous estes trop aymable,
On ne peut vous trop aymer
Ha! cessez de m'estimer.

FIN.

L'ORENGER
A SAPHO.

QV'ON en parle & qu'on en gronde,
Chere Sapho croyez moy:
Tout doit aymer dans le monde,
C'est vne commune loy.

C'est en vain que l'on se flatte,
En fin il s'y faut ranger:
Si vous aymez vne chatte,
Pour moy i'ayme vn Orenger.

Encor estes vous heureuse,
Vous qui n'auez pour riual
Dans vostre flamme amoureuse
Que quelque pauure animal.

Si ie sens brusler mon ame
Pour vn obiect sans pareil:
I'ay pour riuaux de ma flamme,
Et l'Aurore & le Soleil.

L'Aurore eſtallant ſes charmes
Et tout ce qu'elle a de beau,
Tous les matins fond en larmes
Aupres de mon arbriſſeau.

Sur ſa verdoyante teſte
Tournoyant de toutes parts,
Le Soleil ſans ceſſe arreſte
Ses plus amoureux regards.

Mais ſon eſperance vaine,
D'elle meſme ſe deſtruit:
Il n'en aura que la peine,
Et i'en cueilliray le fruit:

Ainſi iadis, à ſa honte,
Il ſuiuoit inceſſamment
Daphné, qui quoy qu'on en conte,
Bruſloit pour vn autre amant.

Mon Orenger m'eſt fidelle,
Mais quoy la ialouſe erreur,
Eſt la compagne eternelle
D'vne amoureuſe fureur.

Quelquefois ie le neglige
Pour mieux esprouuer sa foy;
Ie connois qu'il s'en afflige,
Et ne peut viure sans moy.

Sa fueille qui se retire,
M'inuite à le secourir:
Et de loin semble me dire;
Veux-tu me laisser mourir?

Aussi tost mon ame tendre
Se lasse de sa langueur:
I'accours, & luy fais reprendre
Vne nouuelle vigueur.

Il sort de sa fleur charmante,
Vn doux air, vn air charmant,
Dont mes sens & mon attente
Sont payez en vn moment.

Ieunes beautez qu'on redoute,
Et qui regnez sur les cœurs,
Vous vous mocquerez sans doute
De ces legeres faueurs.

Mais ſous voſtre iniuſte empire,
Les faueurs le plus ſouuent,
Que ſont-elles, à vray dire,
Que de l'air & que du vent?

Conteray-ie vos caprices,
Qui font perdre tant d'appas:
Vos ruſes, vos artifices,
Que ces arbriſſeaux n'ont pas.

Cent fois bruſlant pour vos charmes
Mais reſolu de changer,
I'ay ſouhaitté, non ſans larmes,
De n'aymer qu'vn Orenger.

Ie l'ayme, & quand l'inhumaine
Qui me cauſe tant d'ennuy,
Voudroit partager ma peine,
Ie n'aymerois plus que luy.

Ie tenois ce fier langage,
Quand ce chef-d'œuure des Cieux
Iris au charmant viſage,
Se vint offrir à mes yeux.

Qu'vne flamme mal esteinte
Est facile à r'allumer,
Et qu'auec peu de contrainte
On recommence à aymer.

Iris me vit tout en flamme,
Iris me fit inconstant,
Iris m'artacha de l'ame
L'Orenger que i'aymois tant.

Quel moyen d'estre rebelle,
Il fallut s'humilier:
L'amour estant auec elle,
Il me fit tout oublier.

Connois-tu bien qui nous sommes
Dit l'enfant imperieux:
Volage, aprend que les hommes
Ayment comme il plaist aux Dieux.

STANCES.

IL eſt vray que l'amour me tient ſous ſon Empire,
Ie ne le puis nier:
Quand on ſent vne fois vn ſemblable martyre
Il eſt doux d'en parler:
De l'aymable Tircis la paſſion extréme,
A vaincu ma rigueur:
Et c'eſt, ie le ſens bien, la raiſon d'elle meſme
Qui le met dans mon cœur.
Ses hautes qualitez où mon amour ſe fonde
Pourroient tout enflammer,
Et ie ne connois rien de ſi farouche au monde
Qui n'appriſt à l'aymer.
L'on voit briller en luy tant de merite enſẽble
Qui brillent en la Cour,
Mais de tãt de treſors, le plus grãd ce me ſẽble
Eſt ſon extréme amour.
Ah! que ne dois-ie point à ſon inquietude,
A ſes ſoins, à ſes vœux,
Pourrois-ie plus long-tẽps ſans trop d'ingratitude
Reſiſter à ſes feux.

Orgueilleuſes beautez, qui ne pouuez cõprẽdre
Vn ſentiment ſi doux, *(fendre,*
Si d'vn mal ſi charmant, ie n'ay peu me deſ-
Pourquoy me blaſmez-vous?
Vn merite puiſſant, vne amitié fidelle,
Peut bien nous eſmouuoir,
Sãs que nos ſentimẽs ſoiẽt touſiours en querelle
auec noſtre deuoir.
Car quãd ſur noſtre cœur vn amãt qu'on eſtime
A pris quelque credit,
On commence à douter ſi l'amour eſt vn crime
Auſſi grand qu'on le dit.
La vertu qu'on nous fait importune & ſeuere
Ne l'eſt pas iuſqu'au point,
Qu'elle oblige touſiours vn cœur qui la reuere
A ne ſe rendre point. *(gloire,*
Mes plus tendres penſers n'offencent point ma
Et malgré mes deſirs,
Ie ſuis touſiours pour elle, encor que la victoire
Me couſte des ſouſpirs.
On peut facilement ſauuer ſa renommée
Dans les vœux que ie fais,
Et le feu que ie ſens eſt vn feu ſans fumée,
Qui ne noircit iamais.

Madame la Comteſſe de la Suze.

EPIGRAMME
DE MONSIEVR L'ABBE' TESTV,

Pour vne femme de Partiſan, qui s'eſtoit moc̀quée d'vn petit baſtiment qu'il faiſoit faire.

IL ne vous eſt pas difficile
De tant baſtir aux champs, auſſi biẽ qu'à la ville:
Vous viuez de nos deſplaiſirs,
Et tout ſuccede à vos deſirs:
La fortune vous idolaſtre,
On ne ſçauroit baſtir plus aiſément que vous,
Le bois croiſt ſur le chef de Mr. voſtre époux,
Et vous ne manquez pas de plaſtre.

Autre ſur vne femme groſſe.

VOus verrez dans neuf mois finir voſtre langueur,
Mais las! quand finira celle que dãs mon cœur
Ont cauſé vos dédains & voſtre tyrannie:
Ie ſerois dignement d'amour recompenſé,
Si iamais ma peine eſt finie
Par où la voſtre a commencé.

SONNET
D'ACANTE A DELIE,
Sur l'infidelité & peu de tendreſſe de la pluſpart des Amants.

On ne ſçait plus aymer, comme on ſceut autrefois,
Dans mille & mille amans que nous voyons ſe prendre,
Delie il eſt tres-peu d'amour fidelle & tendre
Vn ſiecle entier à peine en produit deux ou trois

De conſtance & de foy les impuiſſantes loix
Dans leurs ames en vain ſe veulent faire entendre:
Comme leurs cœurs ſe donnent, ils ſe laiſſent reprendre,
Ils l'oſtent ſans raiſon & le donnẽt ſans choix.

L'ennuy prend de la douce, on ſe plaint de la fiere,
Rien ne peut arreſter leur paſſion legere:
Qu'on void naiſtre & mourir ſouuent en meſme iour.

Si vous cherchez d'où vient cette humeur inconſtante,
C'eſt que leur cœur n'eſt pas le cœur de voſtre Acante
Et que vous n'eſtes pas l'obiet de leur amour.

SONNET

Pour Madame de la Calprenede, ſur ce qu'elle ſe plaignoit de ne pouuoir trouuer vn cœur tendre & fidele.

Mon cœur pour vous ſeruir fut touſiours plein de zele,
Il reſſent tous vos maux, vos plaiſirs luy ſont doux,
Il a ſceu vous aymer malgré voſtre courroux,
Et vos faſcheux ſoupçons ne l'ont poine fait rebelle.

Vous doutez cependant d'vne amitié ſi belle,
Et feignez d'ignorer ce qui paroiſt à tous:
Chacun ſçait & vous dit cõbien ie ſuis à vous
Et vous cerchez encor vn cœur tẽdre & fidele.

Eſtes vous donc aueugle à tant de veritez
Qui vous font voir en moy ces rares qualitez
Pour vous en aſſeurer, que faut-il dauantage?

Ordonnez-le Delie, & diſpoſez de moy,
Ie n'eſpargneray rien, & mon ame s'engage
A vous prouuer touſiours ſa tẽdreſſe & ſa foy.

SVR VN ESLOIGNEMENT,

SONNET.

Beaux yeux qui rangez tout ſous voſtre
obeyſſance,
Ie m'éloigne de vous pour finir mon tourment,
Mais i'ay trouué ma mort dãs mon éloignemẽt
Et i'ay perdu le iour perdant voſtre preſence.

Soit loin, ſoit prés de vous, ie crains voſtre
puiſſance,
Mais la crainte eſt vn mal bien doux pour vn
amant,
Qui n'aſpire qu'au biẽ de vous voir vn momẽt
Et ne veut que ce ſoit de ſa perſeuerance.

Iris il faut mourir, ie mourray prés de vous,
Ie mourray plus cõtent, mourant à vos genoux
Le coup de voſtre main ſera digne d'enuie.

Et ſans vous accuſer, ſans me plaindre du ſort
De cette meſme main qui m'a donné la vie.
De cette meſme main ie receuray la mort.

Madame de la Calprenede.

SVR LE DEPART DE Mademoiſelle la Marquiſe de C. A. B.

Allez belle Marquiſe, allez en d'autres lieux
Semer les doux perils qui naiſſent de vos yeux
Vous trouuerez par tout les ames toutes preſtes
A Receuoir vos loix, & groſsir vos cõqueſtes:
Les cœurs Iront en foule au deuant de vos fers
Et s'ils font quelques vœux, ils vous ſeront offerts.
Mais ne penſez pas tant aux glorieuſes peines
De ces nouueaux captifs, qui vont prendre vos chaines
Que vous teniez vos ſoins tout à fait diſpenſez
De faire vn peu de grace à ceux que vous laiſſez:
Aprenez à leur noble & chere ſeruitude,
L'art de viure ſans vous, & ſans inquietude,
Et ſi ſans faire vn crime on peut vous en prier
Marquiſe, apprenez moy l'art de vous oublier.

En vain de tout mon cœur la triste pre-
uoyance
S'est fait vn auant-goust des maux de vostre
absence,
Quand i'ay creu le soustraire à des yeux si
charmans, (mens:
Ie l'ay liuré moy-mesme à de nouueaux tour-
Il a fait quelques iours le mutin & le braue,
Mais il reuient à vous, & reuient plus esclaue
Et reporte à vos pieds le tyrannique effet
De ce tourment nouueau que luy mesme il s'est
fait.

Vengez vous du rebelle, & faites nous iu-
stice,
Vous deuez vn mépris du moins à son caprice,
Auoir eu si long temps des sentimens si vains,
C'est assez meriter l'honneur de vos dédains:
Quelle bonté superbe, ou quelle indifference
A ma rebellion oste le nom d'offence.
Quoy, vous me reuoyez, sans vous plaindre
de rien,
Ie trouue mesme accueil, auec mesme entretien
Helas! & i'esperois que vostre humeur altiere
M'ouuriroit les chemins à la reuolte entiere:

Ce cœur

Ce cœur que la raiſon ne peut plus ſecourir,
Cerchoit dãs voſtre orgueil vne aide à ſe guerir
Mais vous luy refuſez vn moment de colere,
Vous m'enuiez le biẽ d'auoir peu vous déplaire,
Vous dédaignez de voir quels ſont mes attẽtats
Et m'en puniſſez mieux ne m'en puniſſant pas,
Vne heure de grimace, ou froide, ou ſerieuſe,
Vn ton de voix trop rude ou trop imperieuſe,
Vn ſourcil trop ſeuere, vne ombre de fierté,
M'euſt peut-eſtre à vos yeux rẽdu ma liberté.
I'ayme, mais en aymant ie n'ay point la baſ-
ſeſſe (bleſſe:
D'aymer iuſqu'aux meſpris de l'obiet qui me
Ma flamme ſe diſſipe à la moindre rigueur,
Non qu'enfin mon amour pretende cœur pour
cœur:
Ie voy mes cheueux gris, ie ſçay que les années
Laiſſẽt peu de merite aux ames les mieux nées
Que les plus beaux eſprits & les mieux em-
braſez (vſez:
Sont de meſchans ragouſts quand les corps ſont
Que ſi dans mes beaux iours ie parus ſuppor-
table, (mable,
I'ay trop long temps aymé pour eſtre encor ay-

Et que d'vn front ridé les replis iaunissans
Meslēt vn triste charme aux plus dignes encēs
Ie connoy mes deffauts, mais apres tout ie pense
Estre pour vous encor vn captif d'importance:
Car vous aymez la gloire, & vous sçauez qu'vn Roy
Ne vous en peut iamais asseurer tant que moy,
Il est plus en ma main qu'en celle d'vn Monarque
De vous faire égaler l'amante de Petrarque:
Et mieux que tous les Roys ie puis faire douter
De sa Laure ou de vous qui le doit emporter.
Aussi ie le voy trop, vous aymez à me plaire,
Vous vous rendez pour moy facile à satisfaire
Vostre ame de mes feux tire vn plaisir secret,
Et vous me perdriez sans doute auec regret.
Marquise, dites donc ce qu'il faut que ie fasse
Vous m'attachez mes fers quand la saison vous chasse:
Ie vous auois quittée, & vous me rappellez
Dans le cruel instant que vous vous en allez:
Rigoureuse faueur, qui force à disparoistre
Ce calme estudié que ie faisois renaistre,
Et qui ne restablit vostre absolu pouuoir,

Que pour me condamner à languir ſans vous voir.

Payez, payez mes feux d'vne plus foible eſtime,

Traittez-les d'inconſtans, nommez ma fuite vn crime,
Preſtez-moy par pitié quelque iniuſte courroux
Renuoyez mes ſouſpirs qui volent apres vous,
Faites moy preſumer qu'il en eſt quelques autres
A qui iuſqu'en ces lieux vous renuoyez des voſtres,
Qu'à ceux de mes riuaux vous allez me trahir
I'en ay, vous le ſçauez, que ie ne puis haïr:
Negligez-moy pour eux, mais dites en vous meſme,
Moins il me veut aymer, plus il fait voir qu'il m'ayme,
Et m'aime d'autãt plus que ſon cœur enflammé
N'oſe meſme aſpirer au bon-heur d'eſtre aimé:
Ie fais tous ces plaiſirs, i'ay toutes ces penſées,
Sans que le moindre eſpoir les aye intereſſées.

Puiſſay-ie malgré vous y penſer vn peu moins,

M'eschaper chaque iour vers quelques autres
soins, (idée,
Trouuer quelque plaisir ailleurs qu'en vostre
En voir toute mon ame vn peu moin obsedée:
Et vous de qui ie n'ose attendre iamais rien,
Ne ressentir iamais vn mal pareil au mien.
Ainsi parla Cleandre, & ses maux se passe-
rent,
Son feu s'euanoüit, ses déplaisirs cesserent,
Il vescut sans la Dame, & vescut sans ennuy,
Comme la Dame ailleurs se diuertit sans luy:
Heureux en son amour si l'ardeur qui l'anime
N'en conçoit des tourmens, que pour s'en plain-
dre en rime,
Et si d'vn feu si beau la celeste vigueur
Peut enflammer ses vers, sans échauffer son
cœur.

A LA MESME, POVR LA TRES-BELLE MADEMOISELLE CATAVT DE BRIE.

ADorable CATAVT, *dont mon ame est éprise,* (*Marquise,*
Ie ne vous nomme point, belle IRIS, *ny*
Ie suis trop glorieux de me voir dans vos fers,
Pour vouloir déguiser vostre nō dās mes vers
Oüy diuine CATAVT, *faite comme vous estes*
C'est trop d'honneur pour moy, de grossir vos conquestes,
Et ie fais vanité du nom de mon vainqueur,
Car i'aime en Caualier, & non pas en Autheur:
Si tost que vos beaux yeux m'ont sommé de me rendre,
I'ay trouué du plaisir à ne me point deffendre,
L'impatient desir de soûpirer pour vous,
A fait aller mon cœur au deuant de vos coups
Et toute la raison qui combattoit ma flamme
Par l'ordre de l'Amour a sorty de mon ame,
Regnez-y ma CATAVT, *tousiours absolument,*

Vous y trouuerez tout soûmis aueuglement:
Si le moindre souhait choquoit vostre puissãce
Ie le ferois mourir, mesme dés sa naissance,
Ie ne seray iamais de ses amans prudens
Dont la rare maxime, est d'estre indépendans,
Qui, quand vn bel obiet leur donne dans la veuë,
Songent à recouurer leur liberté perduë,
Traitent l'Amour d'vn mal douloureux à souffrir,
Employent tous leurs soins afin de s'en guerir,
Cherchent dans leur IRIS *ce qui leur peut déplaire,*
Et se donnent exprés vn suiet de colere:
Moy ie n'imite point ces trop sages esprits,
Ie ne voudray iamais de repos à ce prix,
Mes liens me sont chers, i'ayme ma seruitude,
L'empire de CATAVT *n'a pour moy riẽ de rude*
Quand ie la seruirois sans en esperer rien,
Le bien de la seruir est vn assez grand bien:
Cependant comme i'ayme auecque violence,
Ie ne me picque pas de tant de continence,
De ces Amants d' IRIS, *le feu trop épuré,*
Ne le seroit pas tant, s'il n'estoit moderé,
L'amour a bien parler n'est qu'vne simpathie

Quand le plaisir charnel n'est pas de la partie.

Des grandes passions les aimables transports,
Aussi bien que sur l'ame, agissent sur le corps,
Ailleurs que dans le cœur, la flamme veut paroistre,
Le plus profond respect n'e͂ peut estre le maistre
Ce tyran fait sur moy des efforts superflus,
En l'estat où ie suis ie ne l'escoute plus,
Ne pouuant approuuer la modeste methode
De ces galands discrets, dont ie suis l'antipode
De mes brûlans soûpirs l'impetueuse ardeur,
Vous demande humbleme͂t la derniere faueur,
Souffrez qu'éuanoüy sur vostre belle bouche
Mon brasier amoureux vous échauffe & vous touche,
Que ie vous fasse dire en ce plaisant moment,
(Il n'est pas tousiours bon d'aimer si chastement:)
Ainsi comme nos corps, nos deux ames unies,
Gousteront, ma CATAVT, *des douceurs infinies.*

SONNET.

DE MAISTRE ADAM,

Sur le retour de Monſieur le Prince, venant de voir le Roy.

Miraculeux Heros, vous auez veu mõ Roy
Son merueilleux accueil vous vaut une victoire,
Et vous gaignaſtes moins dans les champs de Rocroy,
Quand voſtre Auguſte bras triompha pour ſa gloire.

Vous allez deſormais faire eſclater ſa loy,
Vos faits deſſous les ſiens , vont briller dans l'Hiſtoire,
Et voſtre heureux retour va dõner de l'employ
A tous les fauoris des filles de memoire.

Leurs écrits publieront que parmy les hazards
Voſtre luſtre a terny le luſtre des Céſars,
Que voſtre nom fameux eſt plus grand que la terre.

Et que ſi l'Eternel qui fait tout pour le mieux,
Ne vous euſt pour deux Roys fait le Dieu de la guerre,
La Paix ſeroit encor inuiſible à nos yeux.

SONNET,

SVR LA DEFFENCE DES GALANDS.

EN fin le luxe est interdit,
Et desia par toute la France
Pour bannir la folle despence,
On fait publier vn Edit.

Le corps des Rubanniers maudit
La rigueur de cette Ordonnance,
Et met en auant sa souffrance
Pour y seruir de contredit.

Tireurs d'Or & Passementiers
N'ont plus maintenant de mestiers;
Mais la Coquette sans murmure,

Se rit des Galands deffendus,
Et pour ceux que l'art a tissus
Prend ceux qu'à formez la nature.

SONNET.

IE veux que le pecheur fasse sa penitence,
Que pour monter au Ciel, il soit remply de Foy,
Qu'il renonce à soy-mesme, & quitte tout pour moy,
Du Christ auecque nous entrant en conference.

Tels Preceptes i'apris, Pere, dés mon enfance:
Ce qu'vn parfait Chrestien doit croire, ie le croy,
Ie ne connois de loix, que la diuine Loy,
Et fuys tout ce qui peut blesser ma conscience.

Mais Aminte, mon Pere, ayant peu m'estimer,
Elle qui contraindroit vn Monarque à l'aimer.
Si i'en suis amoureux, le trouuez-vous estrãge.

Et dois-ie, à vostre aduis, la seruant en ce lieu
Ne pas participer aux graces de mon Dieu,
Pour auoir escouté la voix de mon bon Ange.

RESPONCE AV PRECEDENT.

SONNET.

MOn fils, ie vous reçois à faire penitence,
Mais pour biẽ l'accomplir il faut auoir la Foy,
La voix du S. Esprit vous le dit auec moy,
Taschez de profiter de cette conference:

Vous fustes bon Chrestien, dites-vous, dés l'enfance,
Vn ennemy du monde, ha! mon fils ie le croy,
Mais pensez-vous qu'amour vous tienne sous sa loy,
Sans estre le bourreau de vostre conscience.

Cet aueugle ayant l'art de se faire estimer,
Et celuy de se faire également aymer,
Il frappe tous les cœurs sans qu'on le trouue estrange.

Ses fléches en tout tẽps, en tout âge, en tout lieu
Volent pour arrester les conquestes d'vn Dieu,
Qui vous deffend de prendre Aminthe pour vn Ange.

SONNET.

Dans vn afreux deſert propre à la penitẽce
Il faut que mon amour cede enfin à ma foy,
Et qu'Aminthe auiourd'huy ſe ſepare de moy
Aprés cette derniere & triſte conference.

Aminthe qui me pleut ſi fort dés ſon enfance,
Que i'aimay, qui m'aima, qui m'aime encor ie croy;
Peut-elle, & puis-ie bien obſeruer vne loy,
Qui nous fait les captifs de noſtre conſcience?

Non, non dans mes liens ie te veux eſtimer,
Et ſi mon Confeſſeur me deffend de t'aymer,
Pour rendre mon exil à tes yeux moins eſtrãge

Aminthe, tu ſçauras qu'abandonnant ce lieu
I'abandonne le monde, & qu'vn autre qu'vn Dieu,
N'euſt peu me détacher du ſeruice d'vn Ange.

RESPONCE AV PRECEDENT.

SONNET.

QVoy! Tircis ie t'oblige à faire penitence,
Quel crime as-tu commis, quel manquement de foy?
Pousse ton Confesseur à t'esloigner de moy,
Et quel bien pretend-il de vostre conference?

Il cōdamne des yeux, de qui dés nostre enfance
Vn amour legitime est né, comme ie croy,
Vn amour tout conforme à la diuine loy,
Pour te blesser le cœur d'vn trait de consciēce.

Mais d'vn trait dont le coup ne se peut estimer
D'vn trait qui fait haïr, au lieu de faire aymer,
Et n'est-ce pas, Tircis, vn effet bien estrange?

Que l'obiet qui te peut arrester en ce lieu,
Te iette en vn desert pour y chercher vn Dieu,
Comme s'il s'y trouuoit plustost qu'auec vn Ange.

SVR LES BOVTS RIMEZ.

SONNET.

TIrcis va faire penitence
A ce qu'il dit, mais sur ma foy
Il se rit de vous & de moy,
Pere, dans cette conference.

Il oublia dés son enfance
Le Nostre Pere, ie le croy,
Et reconnut pour toute loy,
La liberté de conscience,

Son vice luy fit estimer
Ce que le vice fait aymer,
Et son débordement estrange.

A qui tout obiet donne lieu,
Fait qu'il n'adore plus de Dieu
Que celuy qu'il nomme son Ange.

FIN.

www.ingramcontent.com/pod-product-compliance
Ingram Content Group UK Ltd.
Pitfield, Milton Keynes, MK11 3LW, UK
UKHW021004180726
13838UKWH00003B/1439